勇気は、一瞬
後悔は、一生

0号室

KKベストセラーズ

はじめに

はじめまして。0号室《ゼロごうしつ》です。

妻のことが大好きで、なにか形に残してみたいと思い、ツイッターを始めました。

恋愛のこと、日々のこと、僕が思うこと、溢《あふ》れる妻への想いのこと。

頭の中で泉のように湧《わ》き出てくる言葉を、僕なりの言葉で綴《つづ》っているうちに老若男女問わず多くの方が見てくださったり、コメントを書き込んでくださるようになりました。ありがたいかぎりです。

僕は男性ですが、恋愛をすることは大きなアイデンティティーになると思っています。好きな人ができれば、自分が知らなかった世界を新しく知ることができる。自分以外の人を大事に思う優しさが生まれる。

自分を成長させることができるひとつのきっかけです。

少なくとも僕が妻と出会って得られたものは、成長以外のなにものでもありません。妻に出会っていない自分は想像できないほどです。

そのひとりの男の成長過程と妻への想いを本という形にしました。

本書では、僕ら夫婦の出会いから恋人期間、結婚して現在にいたるまで、約4年間のエピソードを紹介しています。素のままの僕だと恥ずかしいので、ほんの一部だけロマンチックに味付けしました。

ツイッターで僕のつぶやきを読んでくださっている方には、

「あのときの0号室はこんな気持ちだったんだ」

とツイートのバックストーリーを楽しんでもらえるでしょうし、僕をまったく知らない方には、

「私も勇気を出して告白してみようかな……」
「俺ももうちょっと愛情表現を豊かにしてみよう」
と、恋愛に前向きになってもらえるようなメッセージを詰め込みました。

普通の男女が偶然出会って結婚をしました。ただそれだけのお話。でもそれは、ほかの誰にも真似できない唯一無二のストーリーです。

みなさんの誰かを愛する気持ちも、世界に同じものはひとつもないドラマティックな奇跡であると、読後に気付いてもらえますように。

勇気は、一瞬　後悔は、一生

目次

ROOM 0

愛を伝えること

〜彼女と僕〜

ROOM 1

愛が増えること

〜妻と僕〜

ROOM 2
愛を絶やさないこと
～ずっと一緒にいるために～

ROOM

0

愛を伝えること

～彼女と僕～

episode

1

ドラマは一瞬

妻との出会いは、
三軒茶屋にある居酒屋で開かれた新年会。
よくあるといえば
そうかもしれないけど
僕にとっては運命としか思えない、
忘れられない一夜になったのである。

会うタイミングで、運命って変わってしまうから

——土曜日、新年会があるから来いよ。

今から4年前、1月のある日。会社の同僚からメッセージが入った。年はじめの景気づけに集まって飲もうと言うのだ。

——友達とか知り合いとか10人くらい適当に呼んでさ、パーッと一杯やろうぜ。女の子も呼ぶからさ。

——どうしようかな……。

——人見知りなのは知ってるけどさ、彼女いないんだからいいじゃん。場所は三軒茶屋で、時間と店はまた連絡すっから。

報告したわけでもないのに彼女がいないことがバレている。友達には僕の行動で彼女がいるかいないかなんて、お見通しだ。その当時、僕は4年付き合った彼女と別れて5ヵ月が経ったころ。ようやく恋の傷も癒えてきて、恋愛に前向きになり始めたまさにそのときだった。

だけど正直、初対面の人と過ごすのは苦手だ。緊張するし、よく知らない人と面と向かい合って会話をするだけで、なんと言うか、疲れてしまうのだ。学生時代に誘われて行った合コンにだって、いい思い出がまったくない。初対面の人たちに囲まれ、しゃべれず、置いてけぼりをくらう地味な数時間。

2次会のカラオケは罰ゲームのようだった。

「なんで深夜に素人の歌を聴かなくちゃいけないのか……」

Jポップにまでネガティブ思考をぶつけていた僕。ついでに自分のちょっと高い声が好きではない。いやそれより、人前で歌う度胸なんてあるわけがない。

苦い思い出までよみがえって、新年会に誘われてもまったく気がのらなかった。……とはいえ、正直に言うと暇だった。

「(行ってみるか)」

このなにげない思いつきが、運命の出会いに繋《つな》がるとは思いもよらなかった。

土曜日の夜。電車に乗り、三軒茶屋の駅を降りて、にぎやかな商店街を進む。

左右に並ぶお店のあちこちからおいしそうな香りが漂《ただよ》ってくるのが、週末っぽい。友達から指定された店は、ちょうど商店街の真ん中あたりにあった。

地鶏料理が自慢の居酒屋。店の階段を上り2階の座敷に上がると、すでに6人くらいが到着している。


「おう、ここ座れよ」

言われて、なにも考えずに目の前の座布団《ざぶとん》の上に座った。

「ビールでいいか？」

「うん」

友達となにげない会話を交わした後、ふっとテーブル越しの向かいへ視線を向けると、ひとりの女性が視界に飛び込んできた。


「(……あ、小さい)」

ちょこんと座っていたショートカットの女性。まるで絵本から飛び出してきそうな、マスコットのようなルックス。それが未来の、つまり今僕の隣にいる妻だった。

守ってあげたくなる……とはちょっと違う、元気そうな雰囲気が彼女から伝わってきた。小さいけれど、パワーも感じる。

ふっと彼女と目が合った。

「こんばんは」

笑いかけてくれる彼女。この瞬間、僕は恋に落ちていた。

「……こんばんは」

挨拶を返すのがやっとだった。

大きなテーブルを見渡せば、男女10人くらいが集まっていて、みんな思い思いに話をしている。目の前の彼女と話すきっかけを探すけれど、ほかの人と盛り上がっている彼女と思うようには絡《から》めない。テーブルひとつぶんの距離がひどくもどかしかった。

彼女がどんな話をしているのか、気になって仕方がなかった。

「(もっと耳がよければあの話し声を聞くことができるのに！)」

結局新年会は大盛り上がりで、そのまま2次会の店へ行くことになった。彼女と、もう少し一緒にいられる。そう思うだけで気持ちが高まった。

店から出る時間になり、座敷からそれぞれが席を立ち、靴を履き、階段を下りて店の外へと出て行く。

階段を下りて行くと、彼女が目の前にいた。なにげなく、足元に目を落とすと、彼女のスニーカーの紐《ひも》がほどけていることに気付いた。

「(あ……)」

ほとんど無意識だったと思う。次の瞬間、僕はスニーカーに吸い込まれるようにひざまずき、ほどけた紐を結んでいた。

このとき、彼女がいったいどんな顔をしていたのか、僕は正直覚えていない。後から妻に聞いた話だと、いきなり初対面の男に靴紐を結ばれてひどく驚いたという。でも、

「なぜか全然イヤじゃなかったし、ドキドキした」

のだそうだ。僕が無意識にとった行動は、突飛《とっぴ》だったのかもしれないけれど、彼女から見れば、紳士的な振る舞いのように映ったのかもしれない。

とにかくふたりの距離を縮めていたことには間違いないようだ。

彼女の靴紐を結んだことがきっかけになり、そのまま2次会の店まで僕らは並んで歩いた。1次会で話せなかったぶんを取り戻すかのように話しかける。彼女のことを、もっと知りたい。すると、彼女は僕の7歳年上で、31歳ということが判明する。

「(年上!? 付き合った経験ゼロなんですけど!)」

出会いの場へ気軽に行こう

飲み会やサークルの集まりなども大切な出会いの場だと思います。運命の人との出会いはどこに転がっているかわかりません。僕と妻も、まさか出会いがあるなんて思いもしない新年会で知り合いました。ただ、初対面の人と話をするのが苦手だという人の気持ちもわかります。でも「出会いの場だわ！」と戦闘態勢で臨まなくても、その場にいるだけでいいのです。そうして気軽に参加してみることをおすすめします。そういう会は、友達やその友達が集まることが多いでしょうから、まったく知らない人と過ごすよりもリラックスできるはずです。女性なら無料で飲み食いができるかもしれない。もしもいいなと思う人に出会えなかったとしても、参加者の友達に運命の人がいるかもしれないこともお忘れなく。

episode

2

告白

出会ってしまった彼女は、
まったく縁のなかった年上の女性。
なんとかこぎつけたデート、
告白、ふたりの想いが通った日。
それまでぼんやりとしていた日々が
いきなり輝き始めた。

勇気は、一瞬　後悔は、一生

暇つぶし程度に参加した新年会。思いがけず、運命の人に出会えた僕は浮かれていた。

お酒好きばかりが集まった新年会は、2次会も大盛り上がり。何人か、飲みつぶれる人もいたほどで、朝方近くまで飲み続けた。その途中、彼女から連絡先を聞き出すことができた。結局、始発電車が出るころに解散。朝7時ごろに自宅に着いた僕は早速、彼女にメッセージを送った。

——寝ていますか？　今日はありがとう。楽しかったです。

驚いたことに、すぐに返事がきた。

——こちらこそ。なんかいろいろ盛り上がっちゃったね。

僕らはそれからなんと2時間近く、たわいもないことでメッセージのやりとりをした。徹夜をして飲んでいたとは思えないほど、元気。自分でも信じられなかったけど、不思議と疲れを感じなかった。

——来週の日曜、空いていますか？

ふたりで会いたい気持ちが、どうしても抑えきれなくなっていた。

初デートは、1月の浅草。浅草寺《せんそうじ》が有名な浅草は、いつも観光客で賑わっている。喧騒から少し離れた路地にちょっとオヤジ臭い飲み屋街があって、僕はそこで昼間からしっぽり飲むのが好きだ。自分の大好きな空間を、好きになった人にも知ってほしかった。

昼過ぎから彼女と待ち合わせをして、飲み屋街へと案内する。彼女は小動物のようなちょこまかした動きでついてきてくれた。1軒のシブい飲み屋のカウンターに並んで座る。

「え？　飲めないの？」

「うん！　でも私、飲んでいる人と同じテンションでいられるから！」

明るい人だな。

ひと目見た瞬間に感じた印象を思い出す。新年会でも、彼女は人に囲まれて楽しそうだった。きっとみんな、ポジティブな雰囲気にひきつけられるんじゃないかな。仕方がないので僕だけ飲んで、景気づけ。

それから新年会では話せなかった、お互いの話をたくさんした。家族のことや仕事のこと。どれも、初めて知る彼女のこと。ひとつひとつを知っていくごとに嬉しくなった。

富士山の見える静かな町で生まれ育ったこと。実家のご両親のもとを離れてお姉さんと都内でふたり暮らしをしていること。アパレルデザインの仕事をしていること。どうりでコーディネートのセンスがいいはずだ。

「(……かわいいなぁ)」

ほろ酔い気分でそんなことを考えていた。

きっと普通にしているつもりでも、僕の全身からは、彼女への好き好きオーラが溢れていたんじゃないだろうか。むしろ引かれてしまうんじゃないか、と不安になったくらい。

「あ、さっきスカイツリーが見えたんだよね。俺まだ上ったことないんだ」

「え、じゃあ行こうよ、すぐ行こう！　今行こう！」

彼女の提案で、浅草から少し歩いてスカイツリーへ行くことにした。小さな彼女が東京で一番高い場所を目指すなんて、ちょっとおもしろいじゃないか。

だが僕らは休日のスカイツリーを甘くみていたらしい。とんでもない混雑ぶりで、展望台まで上るには、3時間待ちになると案内が出ていた。さすがに会ったばかりのふたりが、手持ち無沙汰《ぶさた》の状態で一緒にいられる時間ではない。

「お茶しよっか？」

彼女がニコッと笑いながら言った。

スカイツリーをあきらめて、近くのカフェに入る。そこでまたいろんな話をした。僕が海外SFドラマの『X-ファイル』を好きだと言うと、偶然、彼女も好きだと言う。**ふたりの共通点が見つかると、それまでなんとなくあった緊張感が一気に解けた。**

偶然、と書いたけど、当時の僕には好きなものが同じだとわかった瞬間、運命としか思えなかった。楽しい気持ちは止まらない。できることなら時間が止まってほしい、そう本気で思った。

そうして初デートは無事終了。僕はふわふわ浮いているような心地がした。会社の人にも、

「なんかいいことあったの？」

と気付かれたほどである。

それから毎日、彼女とメッセージを交わしていた。デートしたばかりなのに、もうすぐにでも会いたくなっていた。

そんなある日、彼女と出会った新年会のメンバーみんなで、また集まろうという話がでてきた。チャンスが訪れた。

あの人と、会える！

すっかり友達になった新年会メンバーと、居酒屋でまた再会した。彼女も、ちょこんとそこにいた。僕と彼女がデートをしていたことは、誰も知らない。ふたりだけの秘密というのが、心をそそった。

ふたりだけで会っていたなんて誰も想像しないほど、1次会では彼女とほとんど話をしなかった。彼女の様子をチラチラと見ながらも、時間はあっという間に過ぎていった。2次会はメンバーの自宅で飲むことになった。夜中の0時を超える。2時、3時と夜が深くなっていくにつれて、飲み疲れたみんなが雑魚寝《ざこね》をしていく。そして気が付くと、起きているのは彼女と僕だけになっていた。

ドキドキしながら、あることを思い付く。

「(彼女と、ふたりきり。**告白するなら、今しかない!**)」

誰かに聞かれていないだろうか……そんな不安が頭をよぎったけれど、関係なかった。自分を奮《ふる》い立たせて勇気を出す。

自分の気持ちをありのまま伝えた。

「出会った瞬間、ひと目惚れをしていました。好きです」

「……私も好きです」


体が家の屋根を突き抜けてしまうんじゃないかっていうくらい、嬉しかった。

好きな海外ドラマが同じだったこと、毎日メッセージのやりとりを続けていたこと。彼女も僕といることを楽しんでくれているんじゃないか……ぼんやりとした自信はあったけど、告白する直前まで心臓は爆発寸前だった。

本当はその場で雄叫《おたけ》びをあげたい衝動にかられたけど、必死で抑えた。気持ちを落ち着けようと、テーブルにあったコップを手に取り、ゴクゴク一気飲み。水だと思っていたら、日本酒でむせ返ってしまった。


みんながゴロゴロと雑魚寝をしている部屋のカーテンから、太陽の光が差し込む。こんなに美しい朝日を見たのは、生まれて初めてかもしれない、本気でそう思った。

「行こっか」

手を差しのべると、優しく握り返してくれる。


部屋を出ると、寒さが体にシュンと沁みてくる。目を開けられないくらいの美しい光が、僕らだけを照らした。

「私たち、付き合う前からずっと朝帰りしているイメージ」

「ああ、そうかもね」

そうだった。昔の僕は徹夜で遊ぶ、なんていうことは考えられなかった。でも彼女と出会った新年会も、想いが通ったこの日も、好きな人とならどれだけ一緒にいても楽しいんだな。

「なんか、すごい眠いわ……」

episode

3

恋愛体質

妻との物語はいったんお休み。
ここでは、僕がどんな恋愛観を
持っているのかを紹介。
普段から考えていること、
大切にしていることなど
自分なりの考えを。

恋は早い者勝ち、
愛は注いだ者勝ち

ツイッターでは、男らしかったり、儚《はかな》げな乙女っぽかったり、いろいろな立場やシチュエーションを想像しながら恋愛について考えたことを気ままに発信している。

もう自覚もあるので堂々と言い切るけれど、かなりの恋愛体質だ。しかも女子力は高めだと思う……引かないで読んでほしい。

まず惚れっぽい。今でこそ結婚して、妻のことばかり考える日々だけど、結婚するまではすぐに人を好きになって、走り出すと止まらなかった。パッと見でタイプの女性に出会うと、次の瞬間に、

「運命だ！」

と、恋に落ちてしまう。燃え上がって、夢中になって、燃え尽きる。この繰り返しだった。

最近、好きな人がなかなかできないという話を友達からよく聞く。「草食系」

なんて言葉が流行《はや》るほど、恋愛に奥手な男性が多いみたいだし、僕の恋愛観は、この時代に真っ向から逆らっているようなものなのかもしれない。自分で「肉食系」だなんて思わないけど、誰かを好きになることに抵抗がない。というか、出会った瞬間に好きになるのは、僕にとっては息をするのと同じくらい自然なことだ。

不倫のようなケースを除いて、誰かを好きになることにルールも制限もないのだから、どんどん人を好きになるべきだと思う。

はじめから100パーセント好きになる必要だってない。人の気持ちが変わるのだって自然なこと。最初から自分の気持ちに確証の持てる人なんていないはずだから、「好きかも」くらいの気持ちを少しずつ、温めていってもいいんじゃないだろうか。

人を好きになると頭で考えるよりもまずは行動するタイプだ。気になる人ができたら、どんどん話しかける、どんどん近付いていく。アプローチは、相手に自分の気持ちを知ってもらうだけでなく、自分の気持ちを確かめていくためにも大切なことだから。

恋人同士になってからのことで言うと、**「共存」体質**。「依存」というと一方通行だけど、相手にも同じように寄り添ってもらうのが理想だから「共存」。付き合った男性に依存する女性がいるとよく聞くけど、付き合った女性といつも一緒にいたいと考える僕みたいな男性だっている。

それから、好きな人とは**四六時中、一緒にいたい**。自分のための時間なんてとくに必要ないし、生活のために仕事をしている以外は恋人に触れていたい。要は寂しがり屋なのだ。会えないときに電話やメールで連絡をとるのは当たり前のことだけど、僕の場合はそれだけじゃぜんぜん物足りない。

一緒にいる時間が増えれば、好きな人がどんどん人かがどんどんわかる。食べもの、音楽、観《み》ているテレビ番組など、相手はいったいなにが好きなのか。いったいなにをしているときが幸せなのか。好きなものや嫌いなものを共有することで、もっと相手のことを好きになれると思う。

よく「価値観の不一致」や「相手がなにを考えているのかがわからない」という理由で別れる人がいると聞く。それぞれの事情があるだろうから簡単にはいかないのだろうけど、一緒にいる時間を増やすことでいろんな危機を回避できるんじゃないだろうか。

お互いを理解しようと努力することは楽しいし、相手をわかろうとすることで、自分自身を見つめ直すことができる。

「たまにはひとりの時間がほしい」「趣味は別々でいい」というのは、恋愛から結婚、結婚して家族が増えていくときに出てくる発想かもしれないけど、結婚するまでの恋人時代は、ふたりで過ごす時間を思う存分楽しみたい。

僕は、結婚前も結婚してからも「共存」体質は変わらないようで、休みの日はずっと妻と過ごしている。妻が休日出勤で、ひとりでいなければならない休日はなにをすればいいのかわからない、そんな夫だ。

恋人と過ごす時間よりも男友達が優先、という男性が多数派のようだけど、僕は逆。男友達は、こんな性質を理解してくれているようで、連絡が滞《とどこお》ると「恋愛中なんだな」と察してくれる。ありがたいかぎり。

それから、恋愛中は夢中になっている僕だけど、もちろん恋愛をしていない時期だってあった。心を占拠《せんきょ》する人がいない期間は、身も心もきれいにして次の恋愛にむけて準備をしている時期。次に恋愛をするときにまっさらな自分でないと、失礼になってしまうと思うからだ。

僕にとってはひとつの礼儀作法と言えるかもしれない。

次の恋愛が始まるまでの期間は、3日、1ヵ月、1年、10年と人によってバラバラだろう。3日で立ち直って新しい恋愛を始められる人もいれば、10年かかってようやくたどり着ける人もいる。早いからいいというものでもないし、遅くなったからといって自分を責める必要はない。期間よりも、誰かを好きになって一緒に過ごした経験から自分がどんな人と合うのか、どんな恋愛で幸せになれるかを学ぶことが大切だ。

だから、恋愛は何回でもしたほうがいいと思う。何回も学ぶと、いい恋愛にたどり着く。

そんなわけで恋愛セオリーのラストキーワードは、**「恋愛は教訓」**。過去の恋愛に対して悪い引きずり方をしないことが大切だ。夢中で好きだった人なわけだから、別れても愛しく思うこともある。なかなか忘れられない気持ちもすごくわかる。でも、終わったことを思い返すより、気持ちをリニューアルして新しい恋に向き合うほうがいい。

まして、新しい恋人に「あの人はああだった」なんて、過去の恋愛と比べることは厳禁だ。

恋愛は誰にとっても大きなターニングポイント。日常でもあり、人生の一大事でもあるのだ。

ナンパも立派な出会い

意外とよく聞く悩みですが、「出会いがない」と嘆いている方へ。ナンパをしてみませんか？　こう言うと軽く聞こえてしまうかもしれませんが、要は偶然の出会いをチャンスにしましょう、ということ。好きな相手と出会えるのが、例えば合コンのようないわゆる「出会いの場」ではなくて電車の中かもしれない。単なるシチュエーションの違いだと思うんです。受け身な女性が多いと思いますが、自分のタイプの人に会える確率は意外と少ないので、ビビッときたら名刺を渡すとか、声をかけるだけでもしてみましょう。もしも断られてしまっても、本格的に付き合って断られるよりもダメージが少ないです。僕も1回だけナンパをしたことがあります。断られてしまいましたが、いい経験になりました。

episode

4

モヤモヤな日々

妻に出会う前の僕は
ネガティブ思考の塊だった。
幼いころの思い出や
過去の恋愛など、
自分の理想通りにならない
日々を回想する。

別れを惜しむことより、
出逢えたことに感謝したいです

0号室、28歳、会社員。身長176センチ、食べても太らないやせ型。周囲が言うには、さわやかな好青年なのだそうだ。でも、自分に自信はない。1歳違いの姉と4歳違いの妹に挟まれた長男坊。

性格は、小さなころから自他共に認めるネガティブ思考だ。小学生時代はいつも図書係か飼育係でクラスの中でも地味な役どころ。学級委員なんてやったことがないし、

「がんばったところでどうにもならないし」

これがいつのまにか口癖になっていた気がする。

交友関係は昔から知っている地元の友達が多い。性格を十分理解してくれているので、無理に陽気さを求めてくることもない。それでも存在をしっかり認めてくれている、居心地のいい関係だ。

家族の中での立ち位置は低め。父親を早くに亡くしているので、祖母、母、

姉、妹の4人の女性に囲まれた家庭だったのだから仕方がない。

家族に気に入られなきゃいけない、と心のどこかでずっと気を遣っていたし、言いたいこともろくに言えずに育ってきた。というよりは、ひとりでがんばりながら働いている母にワガママを言うのは気が引けたのである。遊び盛りな子ども時代だって、

「今年の家族旅行、母さんが考えたんだけどね。おばあちゃんもいるし、温泉にでもちょこっと行ければいいわよねぇ」

「(本当は友達みたいに、山でキャンプをしてみたいけど、そんなことを言ったら困ってしまいそうだから) うん、いいよ」

こんな調子だ。強調よりも協調重視。自分が発したひと言で揉めるくらいなら、言わないほうがいい。そうして自分から口を閉ざしていたくせに、「どうして自分のことをわかってくれないのだろう」というジレンマがあった。でも思ったことを伝えることもできない。

それから、感情が表に出にくいので周りの人は気付いていないかもしれないけど、自分がワガママだという自覚はある。小さなことでヤキモキするのだ。例えば、話したことを覚えてもらえていなかったとき。友達でも家族でも覚えていてくれないと、すぐに不機嫌になってしまう。

でも、そんな僕も積極的になる瞬間がある。それが恋愛だ。

好きな女性のタイプは、ずばり「小柄で守りたくなるような人」。小さい、という見た目も大切だけど、その人のもつ雰囲気にひきつけられることが多い。あとは「1歩だけ下がってくれる人」。3歩だと下がりすぎなので、1歩だけでも後ろにいてくれる人が理想だ。

でもこれは「俺についてこい」という意味じゃない。すぐ後ろで優しく見守っていてほしいのだ。そしてもしも僕が道を間違えそうになったときは、正しい道へ軌道修正してほしい。

24歳のときに今の妻と出会うまで、高校時代から何人かの女性と付き合ってきた。どの女性も年下で、告白はすべて自分から。付き合ったらずっと一緒にいたいと思う気持ちは誰に対しても変わらなかった。

印象に残っているのは、大学3年生のときにひと目惚れして付き合った、むちゃくちゃ美人で大学のマドンナ的存在の人。思いきって告白したら、思いがけずOKをもらったのだけど、いざ付き合ってデートをしてみたら、緊張しすぎて手も繋げずに終わってしまった。

過去の別れの理由は、僕の寂しがり屋な性格も影響していたのかもしれない。なんせ僕は、駅の改札で別れた数分後には、もう会いたくなってしまうほどなのだ。「重い」「甘えすぎ」という理由でフラれてしまうことも多かった。4年間付き合っていた女性に、

「家族みたいで男に思えなくなってきた」

と、言われてしまったこともあった。

でも今から思い返すと、うまくいかなかった恋愛も、理想の家庭を築くために必要なことだったのかもしれない。

付き合っていたときは、たぶん彼女以上に結婚を意識していたし、だからこそずっと一緒にいたいと思っていた。でも、**うまくいかなかったからこそ、僕には「共存」できる相手がぴったりなんだ、と気付くことができた**んだ。

ここまでが僕の自己紹介。恋愛体質、寂しがり屋、引っ込み思案、自分に自信がないけれど、自分のことをわかってほしい。モヤモヤとした想いを抱えた日々は、ひとりの女性と出会ったことで少しずつ動き出していく。

episode

5

ただいま、おかえりなさい

いつも笑っていて、
まるで太陽のような
彼女の魅力に吸い込まれていく。
僕らは磁石で言うならS極とN極。
真逆なんだけど惹かれ合う。
一緒にいるだけでどんどん好きになる、
そんな日々のこと。

笑顔は、どんな綺麗な言葉よりも胸をうつ

今から4年前の3月、彼女に想いを告げたあの日から充足感に満ちた生活を送っていた。また、恋をしているからだ。

彼女は7歳年上。身長はとても小さい。努力家で、好きな仕事に一生懸命取り組んでいる真面目な人。

性格はポジティブを絵に描いたような人で、明るくてハキハキしている。パワーの塊《かたまり》というか。僕にないものをたくさん持っている。

「イヤなことがあってもね、ひと晩寝ると忘れちゃうんだよね」

彼女はそう言ってよく笑う。

新しい相手と恋愛をするときは「初めて」がたくさんあるほうがいい。

彼女が僕へ最初に与えてくれた「初めて」は料理だった。浅草での初デートで、ふたりともアウトドアや自然が好きだとわかったので、付き合って最初のデートでは代々木公園に遊びに行こう、と誘った。ふたりで公園を散歩するのも楽しいかもしれない。お昼はどこかで適当にテイクアウトしようと思っていたら、

――よかったらお弁当つくっていこうか？

と、彼女からメッセージで提案してくれた。


春先の、まだうすら寒い代々木公園。彼女は本当にお弁当をつくってきてくれた。ドキドキしながらお弁当箱を開けると、おかずといなり寿司がぎっしりと入っていた。いなり寿司をよく見ると、飾りや味がひとつずつ違う豪華版。

「(こんなお弁当、見たことない)」


それまで付き合ってきた女性は、誰も料理ができなかった。でも僕はなんの不満もなかった。毎日の食事を外食かコンビニで買ってきたもので済ませていて、食べるものに対してこだわりがなかったからだ。だから、手料理というものをよく知らなかったと言うほうが正しい。

「料理家でもないふつうの人でもこんなすごいものがつくれるんだね……」

これが、彼女が初めて僕のためにつくってくれた料理に対する、精いっぱいの賛辞だった。

彼女は友達も多い。彼氏が友達といる場所に彼女が顔を出す、というカップルが多いと思うけど、僕らは逆だった。彼女が友達といる場所に僕がついていく。新しい空間、知らない人。以前までは人見知りが出てしまってなにも話せなかったのに、彼女の友達とはなぜか居心地よく過ごせた。これも「初めて」。

よく笑う彼女の周囲には自然と人が集まっている。**一緒にいて彼女の顔を見ているだけで、ポン、と背中を押される気がした。**まだ付き合って間もないのに、身も心も完全にロックオンされている自分がいる。

彼女と一緒にいたら、僕は変わることができるかもしれない。そんなことさえ思うようになっていた。

そんな期待が湧いていた最中、タイミングよく（?）彼女の部屋の更新が迫ってきていることを聞く。

もしも彼女と朝から晩まで過ごせたら、どんなに楽しいだろう。僕は想像してみた。

一緒に生活したら……あのおいしいご飯を食べることができる。実家でも食べられなかったあの味。せめてお皿洗いは僕の当番にしよう。

仕事は最近おもしろくない。でも仕事で疲れて家に帰ったら、あの笑顔が待っていてくれる。

「ウンウン、だーいじょうぶだよ」

もしも愚痴《ぐち》が出てしまっても、きっとそう言って笑っていてくれると思う。

これは甘えではない、自分に言い聞かせる。もっと言うと実は、当時24歳の僕は7歳年上の彼女が35歳になるまでに結婚しよう、とゴールまで決めていた。付き合いたてなのに早すぎると思われそうだけど、僕にとっては自然すぎる流れだった。

ふたりで生活をしたらどうなるだろうか？　というシミュレーションをしたかったし、なにより彼女と四六時中いたかった。僕は勇気を出して話を切り出す。

「一緒に新しい部屋を探しませんか」

「……同棲するっていうこと？」

「そう。一緒に暮らしたらバイバイも言わなくていいよね」

「ふふふ」

「ただいまって、言える」

「おかえりなさいって言えるね。うん、よろしくお願いします」

episode

6

僕のわがまま

当然のように
隣にいてくれる彼女に
僕は次第に甘えるようになってしまった。
突然訪れた別れの危機。
それはすべて、僕のおかしな
プライドとわがままのせいだった。

いろいろあったけど、それでも
隣にいてくれる存在ほど大切にね
その存在は当たり前じゃないからね

今から2年前の秋、同棲生活も2年が過ぎようとしていたころ。

「(この人とは見えないなにかで繋がっているんだな)」

と胸をときめかせてくれることの連続だった。


外で会おうと約束をしていたのに、運悪くふたりともスマホの充電が切れてしまい、連絡がとれなくなってしまったことがあった。

待ち合わせ場所も決めていないし、自宅に戻ろうか、と考えたが、いや、ひょっとしたらあそこにいるかも……と勘がはたらく。ふたりでたった1度しか行ったことのないカフェだ。ただ、彼女がとても気に入っていた記憶がある。僕は自分の勘を頼った。

そっと店に入ると、彼女が中でカフェラテを飲んでいた。

「……よかった~」

僕の顔を見るなり、ふにゃっと笑った。

それから、同棲していると言っても24時間一緒にいるわけではない。仕事もあるし、離れているときがほとんどだ。好きな人が隣にいなくてものすごく寂しい。そんなときはメッセージを送るのだけど、不思議なもので、まさに送ろうとする瞬間に彼女からメッセージが届くことがある。それも僕が送ろうとしていた内容とまったく同じだったりすることもあるから驚く。あとは、

「(そろそろ連絡がくるはず)」

と根拠のない自信を持って待っていると本当にスマホにメッセージが届くのだ。こんなことがよくあるから、僕と彼女は見えないなにかで繋がっているんじゃないかって、本気で思う。**一緒にいなくても、24時間心はつながっている。**

ただ一方で、僕のわがままが爆発寸前にきていた。

当時、普通の会社員として働いていた僕。大学を卒業したら働かなくてはならない、と就職しただけ。接待の連続で、取引先のご機嫌をとるために若手は一気

飲みをさせられることもあった。日本酒茶漬け、なるものを食べさせられたこともある。たいした企画ももらえず、ひたすら周囲のご機嫌をとる日々。未来が見えなかった。

でも彼女は違っていた。7歳も年上だから当たり前だけど、10年近く勤務するアパレル会社で着実にキャリアを積んでいた。僕と圧倒的に違うのは、あきらかに根性があったこと。こんな話をしてくれたことがあった。

「昔はね、怒られてばっかりだったの。仕事ができなくて落ち込んじゃうことも多かった。でも入りたくて入った会社だったから、自分から辞めることだけは絶対したくなかったの。だから、早く一人前になろうって決めたんだ。人より仕事ができないなら、人の倍努力しよう。そう思ってから、毎日夜遅くまで洋服やデザインの勉強をしたの。そしたら怒られることも減ったし、作業効率も上がったんだよね」

僕がもし彼女なら、絶対に途中でめげて辞表を出すことばかり考えてしまうのに。自分の力で解決してしまうなんて、すごいよな……仕事に対する意識がちがう。僕はいったいなにをしたいのだろうか。

「私はね、自分に負けたくはないんだよね」

……勝負って自分に対して挑むものなんだ。

毎日一緒にいるのに、大きな溝があるみたいだ。前向きな彼女の言葉も、卑屈《ひくつ》にとらえるようになっていた。そしてストレスが沸点に達した僕は、ある日突然会社を辞めた。

勢いだった。イライラしていた。

僕は学生時代の部活も習いごとも、たいして続いたためしがない。情熱を注いだ、という経験が、恋愛以外は記憶がない。これからの目標もぜんぜん見えてこない。

仕事から帰宅した僕は、彼女に訳のわからないことをぶつけ始めた。

「すみません、実は別れたいと思っているんです」

夕飯をつくる手を止めた彼女は静かにこちらを見た。

「無職の男なんかについてくる気はないでしょ。口にしないけど結婚だって考えているよね？　でもさ、まだ俺、若いもん。応えられるかどうかわかんない」

なんだろう。人間ってストレスがたまると心にもないことを言ってしまうものなのか。これ、自分が人間として足りないことを認めずに彼女にぶつけているだけ。女性に最上級の失礼なことを言っていることだってわかってる。

「……ごめん、ぜんぜん理由がわからない……」

泣きだした彼女の態度が余計にイライラを増幅させた。


その日から僕はおかしかったように思う。彼女が毎日別れたい理由を尋ねてきてもひたすら曖昧《あいまい》にしたまま。理由？　言えないに決まっている。

「仕事ができない自分に迷って、年上の彼女の活躍に嫉妬《しっと》したからです」

そんな情けないことが言えるか。


彼女の承諾も取らずに新しい就職先も決めてきた。配属先は自分から希望したとおりの大阪。それをきっかけに、完全に彼女から離れるつもりでいた。

「……大阪へ行くっていうことは本気なんだね……」


東京を離れることを伝えた翌日から、彼女は別れたい理由を聞いてこなくなった。それどころか、別居することに前向きでいるようにすら思えた。

「どうする？　家具分ける？　ベッドは大阪へ持っていっていいよ」

これでなんとなくぎくしゃくしていた生活が終わる。

僕は情けない自分から卒業するのだ。


大阪へ出発したのは11月。バス乗り場まで見送りにきてくれた彼女は、少し早めのクリスマスプレゼントをくれた。

「元気でねー！」

そのとき見たのは、2年近く毎日僕のそばにあったあの笑顔だった。

プレゼントは僕が探していた財布。添えられたカードには、

〝ずっと迷いながら仕事をしていることや、年上の私に遠慮していることは気付いていていました。やっぱりあなたの口から理由を聞きたくて何度も聞いてごめんね。いつも私のことを信じていてくれてありがとう。大阪でがんばってくださいい。メリークリスマス〟

……身勝手で情けない別れの理由を彼女はわかってくれていたんだ。

僕はバスの中で不覚にも泣いてしまった。ストレス、転職、引っ越し、別離。ぜんぶしでかしたのは僕。そしてものすごく大きな宝物をなくしてしまったことにやっと気付いた。バカか、俺。

「……ごめん、ごめん……ごめんなさい……」

大阪での生活はよく覚えていない。とにかく後悔と寂しさの連続で、食欲はないし、街で彼女に似たビジュアルの子がいるとつい追っかけてしまったり、上司に向かって彼女の名前を間違えて呼んでしまったり。仕事は完全に上の空。そんなやる気のない人間を雇うバカな企業もないだろう。3ヵ月間の試用期間後、僕は「不採用」を言い渡された。

でも、彼女が住む東京に戻れると思うと少し浮かれた。

別れた3ヵ月間、ときどき連絡は取っていたものの、彼女がどこに住んでいるかも知らない。でも大阪を離れたその足でどうしても会いに行きたかった。

「ひょっとしたら……あの部屋にまだいるのかな……」

深夜バスが早朝の新宿に到着する。始発を乗り継いで、僕はふたりで住んでいた部屋に向かった。返し忘れていた鍵で部屋のドアを開ける。

そこには別れた彼氏にベッドを渡してしまい、やむをえず残った客用の布団にくるまって寝ている彼女がいた。いや、待っていてくれた？

「……あ？　あれ？　どうしたの……？　あ、まあいいか……おかえりなさい」

episode

7

愛の証

別離の危機を乗り越えて
再び一緒に暮らし始めた僕ら。
「この人がいなくちゃダメだ」
そう思った僕が決めた次のステップは
結婚だった。
まずは指輪づくりから。

好きになってくれてありがとう

好きでいさせてくれてありがとう

僕らカップルはひとつの危機を乗り越えた。というか、僕の子どもっぽさを彼女はすべてお見通しだったというお粗末さなのだけど。

「仕事も大阪も合わないのはわかっていたから、戻ってくると思ってたよ？」

……不甲斐ない。でも大半の男性ってこんなものじゃないのかな……。

大阪では仕事を続けることができなかったので、今度こそはと東京で必死に就職活動をした。今度は彼女とよくよく相談して決めた。すると、ずっとやりたかった建築の仕事に就くチャンスをもらえたのだ。

「大丈夫だよ、ていねいに仕事をしていればうまくいくから！」

やっぱり毎日、笑顔だった。そんな彼女につられて僕も笑顔だった。

勝手に大阪行きを決めてしまったあの事件以来、僕は仕事の悩みを彼女に逐一話すことにした。

実はもともと、仕事の悩みを誰かに話すことは得意ではなかった。口下手ということもあるけれど、仕事はひとりでこなせるようにならなければならないものと思っていたからだ。だからずっと、彼女はおろか、友達にさえも話す気にはならなかった。

ところが、いざ勇気をだして相談してみると、彼女は僕の悩みを否定することなく、受け入れてくれる。そして必ず最後にはポン、と背中を押してくれる。

「本当にキツいな、と思ったときは辞めてもいいの。どうしてもつらかったら私ががんばるから、ふたりで田舎に行ってのんびり暮らそうよ」

僕には言えないことをさらりと言ってのける、男前なのである。

彼女なしの未来を考えられない。

結婚しよう、そう決めた。**情けないことばかりの僕を明るい笑顔で支えてくれる彼女に、感謝の気持ちを届けたい**。心配をさせてしまったぶん、彼女にはできるかぎりのことをしよう。でもいったい、なにをすれば……？

「指輪だ！」

古代エジプトでは、左手の薬指を流れる静脈は「愛の血管」であり、心臓まで繋がっていると考えられていたらしい。

彼女の薬指に、愛の証《あかし》の指輪を飾ろう。

せっかくだから、内緒でつくって驚かせよう。そう思いついた僕は、夜、彼女が寝ているのを確認して、ドキドキしながら左手薬指のサイズをそーっとメジャーで測った。

「(5号か……。細いなー……)」

僕は、ふたりのお気に入りのアクセサリーブランドで指輪をつくってもらうことに決めた。ある日曜日、埼玉県にあるブランドの工房までこっそり出かけてオーダーをする。休日の行動はほぼ彼女に知られているので、勘付かれないように、男友達に一緒に出かけるふりまでしてもらった。

それから1ヵ月後、ようやく指輪が僕の手元に届いた。

「この指輪をするときが、彼女卒業かあ」

完成した指輪を眺めながら、まるで恋する乙女のように感動していた。ニヤニヤが止まらなかった。

さてどうやってプロポーズをしようかと考えながら、できあがった指輪を部屋で一番高い棚の上に隠す。ここなら小柄な彼女には絶対手が届かない場所だから。なんだか楽しくて、僕はその日が待ち遠しくて仕方がなかった。

episode

8

彼女卒業記念日

彼女に気持ちを伝えなくてはならない。
それはつまりプロポーズをする、
ということ。
一生に一度の、大切な告白。
いったいどうすれば
彼女に喜んでもらえるだろう。

うまく言えない言葉が、
一番届けたい気持ちです

もともと、サプライズはするのもされるのも苦手だ。でも今回ばかりは、彼女にとって一生に一度きりのものになるわけだし、思い出に残るものにしてあげたい。いつも明るく、笑顔の彼女を思い浮かべる。

彼女の友達を中心に、10人近くで集まっているなじみのグループ。友達に囲まれている彼女はいつも幸せそうだ。考えた末に、**彼女が大切な人たちに囲まれているときに、大切なことを伝える**ことにした。

プロポーズの言葉を考えてみるけど、ふたりで過ごした日々を思い出すといろんな気持ちが込み上げてきてうまく言葉にできない。でも、正直な気持ちを届けよう。

2015年9月。そのいつものメンバーで、彼女を含めた3名の合同誕生日パーティーをすることになっていた。チャンスはそこだ。僕はまず、彼女以外のメンバーに、LINEでグループをつくってメッセージを送る。

——みなさま、たいへんお待たせしました。彼女にプロポーズをしようと思います。誕生日パーティーで集合しているときに伝えます。バースデイケーキの係が僕なので、ケーキを運び終わった瞬間に言う予定です。その日までみなさん、黙っていてくださいね。そしてOKをもらえたら、盛大にお祝いしてもらえると嬉しいです。

すると、スタンプやら「おめでとう！」「なんか協力するー！」「祝い酒はやっぱりシャンパン」というメッセージが矢継ぎ早に入った。彼女が友達から愛されている証拠なんだとジンとする。

みんな興奮気味なのか大量にメッセージを送ってくる。バイブにしても、通知が鳴りっぱなし。隣にいる彼女にバレないかとひやひやしていた。

そして当日。いつもどおりにメンバーの家に集まってパーティーは始まった。

正直に言うと、パーティーが始まった直後から僕はひとりで落ち着かなかった。好きなお酒も、1滴も飲まなかった。告白のときはお酒の力を借りたけど、**プロポーズは自分で気持ちを伝えたかったから**だ。ふと隣を見ると、彼女はいつもと変わらず、楽しそうにしている。刻々と時間は過ぎ、僕がケーキを運ぶときがやってくる……。

「♪ハッピーバースデートゥーユー」

全員でバースデイソングを歌うなか、ケーキを持った僕が登場。実は本日4人目の隠れた主役なんだよ？

ロウソクの火を吹き消した瞬間が、プロポーズ大作戦の始まりだ。

数ヵ月間隠してきた指輪を、パンツのポケットから出して彼女の顔の前にすっと差し出した。

シン……と空気が止まる。

「え、なに……？」

「今まで僕と一緒にいてくれてありがとう」

「……」

彼女が驚いた表情で僕を見つめる。

「これからもずっと一緒にいたいので結婚してください」

彼女が泣き出した。目を真っ赤にしながら、

「こちらこそ、よろしくお願いします」


「いやったー!!」

「おめでとー!」

「よかったね、よかったね」

その幸せな瞬間、部屋中に歓声が溢れた。中には泣いている人もいる。僕もつられて涙が出てしまった。


その場ですぐに、彼女は静岡県に住む両親に電話で報告をした。何度か実家に

遊びに行かせてもらっているので、僕らが付き合っていることは公認だ。スピーカーフォンにしてみんなに聞こえるよう会話をする。

「あのね、今私ね、プロポーズされたの」

「えええ？（両親ふたりの声）」

「お嫁に行きます！」

「やったー！　よかったー!!」

力強い、お父さんの声がした。ああ、これからも彼女の隣にいられるんだ……。


その日を境に、ふたりの生活は少しずつ変わっていった。

まずは同棲していた部屋を解約して、僕の実家に住むことにした。父親がいないぶん男手が必要だろうし、実は将来に向けて貯金をしたいという計画もあったからだ。彼女が同居を嫌がるかと心配をしていたけど、

「ぜんぜん！　私、あなたのお母さんもおばあちゃんも大好きだし！」

いつもと同じ明るい口調で、その言葉にほっとした。

そして12月20日に入籍。手続き自体はあっさり終わったけど、その反対に、帰りの車の中で僕らはなぜか興奮していた。

「ドラマみたい！　本当に夫婦になっちゃったね！」

彼女卒業記念日であり、奥様入学記念日でもある大切な日。これからもよろしくお願いします。

ROOM

1

愛が増えること

～ 妻と僕 ～

episode

9

かわいい人

ある日偶然出会った
小さな女性がときを経て、
僕の妻になった。
奥さん？　嫁さん？　家内？
呼び方にもいちいち困ってしまう、
かわいい人に毎日癒されている。

たまに見せる君らしくないところも
君の一部であり、
それも愛おしく感じる

ずっと僕の隣にいてくれたかわいい人が、ある日から妻になった。
付き合って4年、結婚して1年。なぜだろうか？　夫婦になってから彼女のことをもっと好きになった気がする。

前にも書いたけれど、好きな人ができると24時間一緒にいたい僕。家庭を持った旦那さんは、ひとりの時間を欲しがるとよく聞くけど、僕には必要がない。そして妻も同じタイプなので、がっちりと組み合ってしまった。

身長145センチ。美人というよりはかわいい系だ。僕にとっては永遠のアイドル。なんせ小柄だから、動きがかわいい。ずっと眺めていても飽きないのだ。

176センチある僕と一緒に歩くと、身長差があるから歩幅もやっぱり違う。でもちょこちょことした狭い歩幅で、一生懸命ついてきてくれようとする。

妻の自転車を一緒に買いに行ったら、小さすぎてうっかり子ども用の自転車を勧められて笑った。でもさすがに彼女のプライドが許さなかったらしく、20インチの大人用を購入。サドルを一番低くしても地面に足がつかないので、つま先立ちをしてがんばっている。そんな彼女の後ろ姿を、信号待ちをしているときに見るのが好きだ。

洗面台で鏡に向かって髪の毛を乾かしている姿は大人の女性そのもの。でも僕が横からふっとのぞくと、背がちっちゃすぎて少ししか鏡に映っていない。それがまた僕のツボにはまる。

でも、むちゃくちゃ頼りになるときもある。

僕が体調不良で倒れてしまったときのことだ。過労が原因だったのだけど、そのときの妻はなにか、僕の知らないスイッチが入ったらしく、

「大丈夫だから！　私がついていくから一緒に病院へ行こう！」

そう言って、自分の仕事を休んで大の男を支えながら病院へ連れて行ってくれた。フラフラの僕の代わりに、医師から病状を聞いている横顔はなんだか堂々として見える。**いつもと違う表情の妻に、ドキッとした。**

自宅に戻ってからも食事、薬を飲むとき、お風呂、なんと夜中のトイレにまでついてきてくれる面倒見のよさ。僕は完全に子どもになった気分。彼女や奥さんだったら当たり前のことだと言われるのかもしれないけれど、妻が体調をくずしたときに僕が同じことをしてあげられるかというと、ちょっと自信がない。

「もうよくなるからね」

握っていてくれた手はすごく温かかった。

好きなところはまだまだある。

仕事帰りに待ち合わせをしたときのこと。妻は新しいプロジェクトのリーダーになったそうで、忙しい日々を送っていた。珍しく元気がなかった。

「ダメだー、今日はもう倒れそう……。電車に乗っていられるかなあ」

ふたりで満員電車に乗り込んだけれど、人に流されてしまい、僕らはステップを挟んで別々の車両に分かれてしまった。でも僕の位置からは、妻が運よく座れた姿を目にすることができた。

――座れた？

僕が送ったメッセージには気付いていない。

僕らの家の最寄り駅までは20分。少しでも休んでいてほしい。もう一度、座っている妻に目をやると、すでにウトウトしていた。

電車が次の駅に到着する。また人が乗り込んでくると、彼女の前にひとりのおばあさんが立った。その姿に気付くと、さっと立って席を譲っていた。自分もひどく疲れているのに……。

――ありがとう、座れたよ。

妻から返信がくる。ああ、そっか。「座っていない」と言うと僕が心配すると思ったから、「座れた」って……優しい嘘。自分の姿が僕から見えていることに気付いていないんだ。

優しさを手柄にしない、誠実な人。

妻は「喜・怒・哀・楽」の「怒」だけが抜け落ちたように、怒ることがない。その代わりに、本当によく笑う。

「あなたといると本当におもしろいんだもん。ほかの人は気付かないかもしれないけど、バラエティ番組を見てるより楽しいんだ」

僕らは1日1回は必ず向かい合って笑う。冗談を言ってゲラゲラ笑うこともある。感情が顔に出にくいと言われる僕だけど、つられてつい笑顔になってしまうんだ。

たいしたことはできないけれど、せめて妻がずっと笑っていられるように、僕にできることをしていこう。そんな気持ちでずっとずっと一緒に生きていこうと思う。なにがあっても握りしめた手はもう離さない。

公共マナーは見られている

公共マナーを守れない人は恋愛のチャンスを失っているかもしれません。そしてきっと自分のことを大切にしてくれる人にも出会いにくくなります。例えば、飲食店の店員さんや、駅員さんに高圧的な態度をとるような人。それからゴミのポイ捨てをしたり、歩きタバコをする人。そんな人たちを、けっこう街中で見かけます。男性の立場に立つと、女性のそういう行為はすごく不安になるのです。付き合ってから先の将来、お互いを大切にするイメージができなくなってしまいます。きっと女性も男性に対して同じように思うのではないでしょうか？　初デートで彼が店員さんにイライラした感情をぶつけていたら、おそらく愛も冷めてしまうはず。マナー守らざるもの、恋するべからずです。

episode

10

最愛の人

僕は幼いころから「おばあちゃんっ子」。
93歳の大好きな祖母は、
結婚を誰よりも喜んでくれた。
いつも近くで僕らを
優しく見守ってくれる人へ、
感謝の気持ちを込めて。

なんでこの人のこと好きになったんだろう
って考えてる時間が愛おしいし、
さらに好きになっていく

「この子はね、宝なんだよ。だからずっとずっと大事にしなさい」

僕と妻、それに僕の母と祖母。家族揃って夕食中の日曜日。メインのおかずはメンチカツ。そんな夜に突然、祖母がニコニコしながら言った。

「宝？　私が？　ホントに？　おばあちゃん、ありがとう〜」

と、妻もニコニコしながら言う。僕はこんな光景が大好きだ。

幼いころから、忙しい両親に代わって祖母がよく面倒を見てくれた。そのせいか、社会人になって結婚した今でも、自他共に認める「おばあちゃんっ子」なのである。

まだ小さかった僕から見ても、自営業をしていた両親の周りの空気はいつもあわただしかった。知らない大人が、我が家によく出入りしていたように思う。人見知りの僕はいつも、祖母にしがみついてそっとその様子を見ていた。

あわただしい空間に反するように、祖母の周りの空気はいつも穏やかだ。ゆっくり、ゆっくり時間が流れていて、それが心地よかった。僕は生粋《きっすい》の東京生まれ、東京育ちだけど、せっかちなところがまるでない。どちらかというとのんびりしているのは、祖母のおかげなのかもしれない。

僕が小学生になると、祖母は家事のことや、四季のことをよく教えてくれた。

「日本には四季があるんだから、季節ごとの行事を楽しもうね」

春になると手をつないで桜を観《み》に出かけた。散歩をしながら、色鮮やかに咲き出す、花の種類を教えてくれたりもした。それから一緒に庭の草むしり。

夏が近付くと梅酒づくり。夏休みは祖母と一日中過ごせることが嬉しくて、宿題そっちのけで一緒に遊んだ。家事を教えてもらいながら手伝うと、ご褒美に夜は花火をさせてくれた。最低限の家事ができるようになったのは祖母のおかげだ。

秋になると栗やサツマイモのおやつ。

「やっぱりねぇ、秋のほうが甘くてコクがあっておいしいのよ。季節のものを食べるっていうのは体のためにもいいんだから」

同じようなことを、妻も言っていたのには笑ったな。

そして冬になると、焼きみかんに鍋料理。体を温めるには鍋が一番と言っていた祖母。ときを経てその鍋を、僕の妻がつくるようになった。

初めて妻を紹介したときは本当に嬉しそうだった。

「おばあちゃん、僕、この人と結婚することにしたんだ」

「はじめまして」

「あら、まあまあ、なんてかわいいの！　おばあちゃん、嬉しい！」

祖母はものすごく興奮していた。

最愛の人と出会えたことは、人生においてこの上ない幸せだ。そして彼女に出会うまでの間、僕を見守っていてくれた人に彼女を紹介できた。最大の祖母孝行ができると、幸せは2倍になった。

その思いを大事にしたかったので、僕ら夫婦の婚姻届の保証人になってほしい、とお願いをした。

「これ？　ここ？　ここに書けばいいの？」

僕と妻に何度も確認しながら、一字一字、丁寧に書いてくれる祖母。

その様子を見ていたら、気が付くと涙が溢れていた。小さな小さな、祖母の背中。でも僕が生まれたときから前に立って、いろんなものからかばってきてくれたたくましい女性。ありがとう、ありがとう。おかげで僕はこんなに大きくなりました。

横を見ると妻も泣いていた。

「あら、やだやだ、泣かないで！　かわいい顔が台なしになっちゃう！」

祖母も目を潤ませていた。

このときの様子を僕はスマホの動画で撮影して保存している。

これからなにかがあったときは、動画を見て当時の気持ちを思い起こすための記録だ。

祖母は今年で94歳になる。

相変わらず妻のことを毎日と言っていいほど「かわいい」と言う。その声を聞くと、妻を紹介したころの思い出がよみがえって愛しい気持ちが増えていく。そんなひとときも僕の宝物だ。

episode

11

家族のぬくもり

家族に新しい一員が加わること。
そして加えてもらえること。
妻の家族に出会って
僕は初めてその喜びを知った。
ずっと大切にしたい、
包まれるような家族のぬくもり。

泣きたいとき、そばにいてくれる
友達や恋人、家族を大切にね
お金なんかより、ずっとずっと
価値のあるものなんだからね

僕は妻の実家の家族が大好きだ。

彼女の実家があるのは静岡県。富士山が見える小さな町。空気も景色もきれいで、住んでいる人たちも心穏やかでのんびりしている。


僕は東京生まれ、東京育ちで「田舎の実家」というものにまったく縁がない。だからこそ、田舎で過ごす夏休みにあこがれていた。妻と付き合ってから、実家の話を聞くたびにうらやましがっていた。

「じゃあ今度一緒に帰ろうか?」

願ってもない提案だった。付き合いたての彼女の実家へ泊まりに行く……今から考えると、たいそうなことをしたものだ。結婚前の娘が男を連れてくるなんて、ご両親からすれば大きな事件だったと思う。でも当時の僕といったらなにも考えておらず、ただ「田舎の実家」へ行けることにワクワクしていた。


初めて遊びに行ったのは付き合って1年たったころの春の連休だった。手土産を持ち、長距離バスに乗って向かうと、ご両親が満面の笑顔で迎えてくれたのを覚えている。

「いらっしゃい、遠かったでしょう」

「いつもねぇ、娘がお世話になってばっかで悪いねぇ」

彼女の両親はお見合いがきっかけで知り合ったそうだ。お義父《とう》さんがお義母《かあ》さんにひと目惚れして、めでたく結婚（なんだか僕らと似ている）。ものすごく仲がいい。お義母さんには会うなり、

「あらー、タイプだわ」

と言われ、照れてなにも言えなくなったことを憶えている。

それから年に何回か、彼女の実家に遊びに行った。僕が行くと、実家のご両親だけではなく、親戚や近所の人も集まってきてくれて、いつのまにか宴会になる。夏に遊びに行ったとき、着いたとたんに庭でバーベキューが始まったこともあった。そのとき彼女がアウトドア好きで、さらに準備もなにもかも上手だとい

う理由がわかった。幼いころからの訓練の賜物《たまもの》だったようだ。

ご近所付き合いのまったくない都会で育った僕には、とても新鮮な光景だった。「近所のかわいい子の彼氏」というだけなのに、全員が僕を優しく迎え入れてくれることに驚いた。

「この人は誰なの？」

と、疑心から始まる都会のややこしい人間関係とはまったく違う。心配していた人見知りも出なかった。むしろ積極的にしゃべる自分がいた。

家の窓から見える富士山。手入れが行き届いた緑いっぱいの庭。昼間は縁側で日向ぼっこ。夜は満天の星空。手を伸ばせば大好きな自然がすぐそこにあった。

すっかり田舎の実家が好きになった僕は現在、妻がいなくてもひとりで帰ることがあるくらいだ。

そんな風に彼女のご両親たちとは結婚前から交流があったので、結婚の報告に行ったときもとくに緊張はなかった。

「お、お嬢さんをください！」

と、スーツで汗びっしょりになって挨拶するシチュエーションをドラマなどで見るけれど、実際はいつもの帰省のような和やかな雰囲気。

プロポーズの直後に電話で1度報告をしたけど、それでもきちんとと思い、正座でお辞儀をした。

「結婚して一生ふたりで幸せになります」

「はい、わかりました。そんな硬くならんでもいいよ。家族になるんだし、こちらこそよろしくお願いします」

「ねえ、ありがたいよねえ。このままこの娘《こ》がもらわれなかったら、ってお父さんといつも話してて。ヒヤヒヤしちゃっただよねえ」（「〜だ」は彼女の両親がよく使う、静岡の方言）

「さあさ、今夜はなにを食べようかねえ」

もちろん妻も自身の家族と仲がいい。今でも毎日電話やメールで連絡を取り合っている。そばで見ている僕にも家族の温かさが伝わってきそうなほどだ。そんな様子を見ていると心が和む。

僕の家族にもすぐに溶け込んでくれた。尊敬するのは、自分の家族と僕の家族、どちらの家族に対しても分け隔てなく接してくれること。母の日や誕生日などの行事も忘れずに、プレゼントを用意してくれる。

もともと祖母以外の家族とは距離を置きがちだった。男ってそんなものだよなあと思っていたのに、妻が来てくれたことで我が家の雰囲気が変わった。家族の温かさを、家族が増える幸せを教えてくれた。

恋人の家族に会いに行こう

各々に事情はあると思いますが、恋人のご家族と会うのは大事なことだと思います。なぜなら、相手が生まれ育ってきた環境やどんな人に育ててきてもらったかを知ると、より深く好きになることができるからです。当たり前かもしれませんが、僕の妻とその家族は、明るく温かな空気感がそっくりなんです。だから、初対面でもリラックスできて妻の家族のことも大好きになりました。それから、相手のご両親と会うのは親孝行にもなります。「お子さんを支える人がいます」と安心させてあげられると思います。「挨拶に行くと結婚する日も近いと思われてしまうかもしれない」と思う読者の方もいるかもしれませんが、心配は無用。相手のご両親は人生の先輩なので、温かく見守ってくれるはずです。

episode

12

守られること、変わること

普通は女性が「彼氏色に染まる」
のかもしれないけど、
我が家の場合は
旦那が奥さん色に染まっている。
そして強く、明るく、
楽しくなっていく僕のこと。

相手を知ろうとすればするほど
自分を見つめ直せるから

妻はA型、とにかくポジティブでよく笑う。嫌なことがあってもひと晩寝たら忘れてしまうという、さっぱりとした性格。社交的で友達が多く、人見知りもしない。料理上手で、アパレルの仕事をしているせいかセンスもいい。アウトドアが大好きで準備の手際がむちゃくちゃいい。

嫌なところは……見当たらない……(照)。強いて挙げれば、人よりものんびりしている。それも本人自覚ゼロなのだけど。

僕はB型で典型的なネガティブ。飽き性だし、友達もそんなに多いほうじゃない。自分の家族にさえも本音が言えない、口数の少ない不器用な男。趣味は……あ、写真を撮ること。

唯一の取り柄と言えば、まっすぐに妻を愛しているということ。

すべてが正反対のふたりが夫婦になれたのは、まさに正反対だったことが理由

だと思う。自分にはない考えをいくつも持っているので、なにか困ったときに相談すると毎回新鮮な回答が返ってくる。視点をひとつ増やすことができるから、どんなに一緒にいても飽きることがないのだ。そして、それだけではない。

妻は僕が進むべき道をずっと明るく照らしてくれている。

文章を書くのが苦手だった僕がツイッターを始めることができたのは、妻と恋愛ができたおかげだ。好きなことを自分の職業にしている妻を見ていて、なにか自分もしたいと素直に思った。

「(でもなにができるのか……なんか、得意なことってあったっけ……?)」

迷っているところに思い浮かんだのは、いつもスマホでＳＮＳを楽しそうに見ている妻の姿だった。それだ、ＳＮＳだ！

「(ＳＮＳなら顔も見えないし、いつもの自分じゃなくていいもんな)」

今だから言えるけど、妻の真似をして自分の思いを綴ったことが始まりだった。もとをたどれば、妻へのあこがれが、この一冊を生み出したと言っても過言ではない。

ずっとやってみたかったキャンプや野外バーベキューなどのアウトドアも、妻に習って始めた。興味はあるくせに、

「(第一段階の道具を買いに行くのがめんどくさい……)」

と避けていた僕。手を引っ張られて用具を買い揃えて、ついでに一緒に出かける仲間まで紹介してもらった。

「ふふふ。私の友達はあなたの友達だよ」

なにからなにまでリードしてもらっていた僕も、今は妻を率先して連れて行くまでに成長した。

出会って変わったことはほかにもある。

まず、洋服のセンスが変わった。それまで着たことのなかったアイテムを妻のセレクトで買うようになったら、女性のようにクローゼットがパンパンになったけど。

仕事も自分のやりたいことに挑戦して、就職に成功した。最近、周囲に言われて気付いたことだけどよく笑うようになった、らしい。毎日見ている笑顔につられているのかもしれない。

変わっていく自分が楽しい。影響されて彼女の色に染まっていくたびに、小さな体の妻に自分が守られているような感覚になる。

反対に、妻が僕の好きなものに興味をもってくれることもある。僕は昔から音楽を聴くのが好きだ。僕がピアノのインストゥルメンタルを聴くと言えば、ＣＤを買ってきて聴いている。夏の音楽フェスにも一緒に来てくれて、僕以上に楽しんでいた。

相手の好きなものを好きになることで楽しさも倍になる。

知らなかった世界へ連れ出してくれて、背中を押してくれる。いつも、いつもありがとう。

episode

13

デート

結婚してから
週に1度はデートをしている僕たち。
いろいろな景色をふたりで見て、
共有するものが増えていく日々。
パターンはいくつかあれど、
これが僕らのデートスタイル。

幸せって、なにげない日常に
潜んでるからこそ見過ごさないように

「今週末のお弁当はなににしようか?」

スマホでレシピを検索しながら妻が言う。僕の実家に住んでいるので、基本的にふたりっきりの時間はなかなか取りづらい。平日はお互い働いているから食事を別々にとることが多いし、やっとふたりになれたと思ってもベッドの中ですぐに寝てしまうことも……。

そんな毎日なので、休みの日はふたりで出かけることを約束にしている。休日くらいは、ね。

お気に入りは、自宅から自転車で10分くらいの距離のところにある大きな公園。天気のいい日はそこへ出かけて、テントを張ってのんびりする。昼寝をしたり、妻特製のお弁当を食べたり、それぞれ好きな本を読んだり……あっというまに時間は過ぎていく。そうしてふたりで過ごしていると、忙しい毎日をリセットできるような気がする。

僕らのデートは基本的にリーズナブル。関東近郊の行きたい街を探して、ふらっと散歩に行くような感覚だ。のんびりと電車に乗って出かけ、コーヒーを飲んだだけで帰ってくることもある。高級なレストランに行くデートもいいけれど、それは特別な日のご褒美。それよりも大事なのは、**「ふたりきりで過ごす時間」**をもつことだ。

「同棲していたころは、ふたりでいることが当たり前だったからそんなに出かけることもなかったよね。同居したからこんなにデートができるようになったんだよ」

妻は相変わらずポジティブな人だ。

僕が幼いころから、四季を大切にしなさい、と祖母が教えてくれていたせいか、夫婦で散歩をすると景色がいっそう美しく見えてくる。

春になると中目黒の桜を観に散歩。身長の低い妻は人混みに押しつぶされそうになっていたけど。それでも一生懸命に背伸びをしてスマホで桜を撮影しようとする後ろ姿がかわいかった。

夏になると緑がいっぱいの代々木公園でかき氷を食べる。木陰《こかげ》で味わう自然ならではの清涼感には、クーラーだってかなわない。

秋になると外苑前《がいえんまえ》のいちょう並木を散歩する。いちょう並木の途中に人気のハンバーガーショップがあって、2時間も行列に並んだことがある。出会ったばかりのころのデートで、スカイツリーの展望台の行列に並ぶことを、

「(……話すことがなくなったら……間が持たないよな……)」

とビビっていたことが嘘のよう。ふたりで一緒にいれば2時間なんてあっというまだ。

冬になるとイルミネーションを観に行く。空気が冷たく澄んだ季節は、光がよりきれいに見える。そして幸せな気持ちになる。

季節の美しさに彩られた背景が、僕らの思い出をより鮮明に残してくれる。

それから、ときどきは旅行へ出かける。

ふたりとも「和」の旅が好きだから、結婚する前からよく京都へ出かけた。歴史に詳しいわけではないけれど、あのなんとも言えないノスタルジックなムードに浸るのが大好きなのだ。

環境が変わると、普段とは違う一面を見られることもある。

出雲《いずも》大社へ出かけたときのことだ。大しめ縄を見たい、という目的を無事達成した僕らは、時間があったのでバスを乗り継いで同じ島根県内の日御碕《ひのみさき》へ向かった。日本一のサンセットを見ることができるという観光スポットだ。

運よく太陽が沈む、その瞬間に立ち会えた。

見たことがないくらい大きな太陽が、沈んでいく。オレンジ色に燃える太陽が日本海に浸って、自らの温度を下げていくよう。ゆっくり、ゆっくりと。

圧巻の1分間の立会人になった僕たち。

「……あなたに会えてよかった……」

いきなり妻が僕に言う。これはひょっとしたら出雲大社の縁結び増大のご利益か、沈んだ太陽からの粋《いき》なプレゼントか。

胸がドキドキする。平静を装いながら、

「……僕もです」

このひと言を返すのが精一杯だった。

後々妻に聞くと、日御碕での愛のひと言は深く考えたものではなかったらしい。

「夕陽を見つめていたら、もうひとりの自分が言ったような感じ?」

ならそのもうひとりはなんて罪深い女性なんだろう。

デートにはしゃぐ妻を見るのも僕の趣味。

「ねえねえ、絶対『スター・ウォーズ／フォースの覚醒』って観に行くべきだよね！　だってみんな観ているじゃない？」

こんなかわいいプレゼンをされたので、レイトショーを観に行く約束をした。

ポップコーンにコーラ。映画鑑賞の準備は万全だ。

映画の中盤、盛り上がりが最高潮の「一番大事なシーン」がやってきたのだが、ふと隣に目をやると妻はすやすやと寝息をたてていた。

「(え？　自分から行きたいって大騒ぎしたのに？)」

僕は吹き出しそうになるのを必死にこらえながら寝顔を見つめる。無防備な寝顔。こういうところがたまらなく好きなのである。

「(まあ、いっか……)」

そのまま僕も妻の肩に頭を置いて一緒に眠った。映画はさ、また観に来ればいいいけど、こんな愛おしい時間は今だけだから。
これからも僕のこの趣味＝思い出のコレクションが増えていきますように。

episode

14

おいしいごはん

楽しいことや辛いこと、
毎日いろいろあるけれど、
1日の終わりに笑って
食卓を囲めたら幸せだと思う。
料理の味はもちろん、
さりげない気遣いに愛を感じる。

幸せに、慣れ過ぎないように
一番難しいことだけど、一番大切なことです僕の妻はとても料理上手だ。

付き合い始めのころのデートでつくってきてくれたお弁当で、胃袋をがっちりつかまれて以来、外食するよりも妻の料理を食べるほうがずっと好きになった。

もともとそんなに料理をするほうではなかったらしい。10代で実家を出てから少しずつ料理をし始めて、ある日友人がふるまってくれた料理に影響されたとか。

「おいしいのはもちろんなんだけど、お皿や盛り付けのセンスが抜群だったの。それを見てもっと料理ができるようになりたいと思ったんだ。いつか自分がつくった料理で誰かを喜ばせたいなって」

それ以来見よう見まねで続けたという料理の勉強。外食したときに食べた味を自宅で再現できるくらい、料理上手になっていったそう。もともと素質があったのだろうと思う。

僕はずっと実家住まいで、母親の料理のお世話になっていた。実家では高齢の祖母を考慮してか、味付けは薄め。濃いめの味が好きな僕は、いつも自分で調味料を足して食事をしていた。とくに成長期真っ盛りだったころはがっつり、しっかりした味のおかずを食べたかったけど、家族に遠慮ばかりしていた当時の僕に、「お母さん、もうちょっとさ、濃いめの味付けにしてほしいんだ」

なんて言えるわけがなかった。

ところが、妻と付き合って、手料理をふるまってもらったとき、

「(なんておいしいおかずなんだろう！)」

と感動してしまった。

同棲期間を経て、彼女の手料理なしではいられなくなったころ、僕らは夫婦になった。平日はふたりとも仕事をしているので、晩ごはんは同居している母親がつくってくれたり、夜遅くに自分たちで簡単につくったりの繰り返し。だけどそのぶん、週末になると妻が料理上手の手腕を発揮する。

家族がリクエストしたものはなんでもつくってくれるし、見たことも食べたこ

ともないような、オリジナルのメニューが食卓に登場することもある。ぜんぶがおいしいごはんだ。

妻の料理で好きなものは青椒肉絲《チンジャオロースー》などの中華系。それから煮物に、ベタだけど味噌汁。豆腐とネギの具がお気に入りだ。

味はもちろんだけれど、家族への気遣いを一皿一皿にさりげなく添えてくれていることを、僕は密かに尊敬している。

例えば、味噌汁。

僕ら夫婦と、母、祖母で生活時間帯が違う我が家は食事の時間もバラバラだ。まず祖母が夕方5時くらいに食事をする。そのとき妻がつくる味噌汁は味が薄い。おかずも、野菜がひとつひとつ小さめに刻まれてひと口サイズになっている。高齢な祖母への気遣いだろう。次に夜7時くらいになると母親が仕事を終えて、食事をする。そのときの味噌汁は、祖母が食べたときよりやや味が濃くなる。そして最後に僕ら夫婦で食事をするときには、味噌汁の味がさらに濃いめになる。つまり我が家の味噌汁は、妻によって3段階の味付けが用意されているのだ。

「自分がキッチンに立つ立場になって気付いたことがあるの。実家で母親が出してくれていた料理は、私のために栄養バランスや好き嫌いを考慮してくれていたんだって。**料理ってさ、最高の愛情表現だよね**」

妻の料理には既製の合わせ調味料が使われない。

「そのほうが塩分を調整しやすいの」

僕の嫌いなきゅうりや人参は避けて、お皿に料理が盛られている。

「……気付かなかった？　実は擦ったり、細く刻んだりしてバレないように入れているんだ……」

僕はそれを妻の愛情と解釈する。

時間が合うときは、僕も一緒に料理をすることがある。メニューは大学時代にカフェのアルバイトで覚えたパスタや簡単な和食だ。妻の味には到底追いつかないけれど、一緒に台所に並んで料理をつくるのはちょっとしたデート気分になる。ビールを片手にリラックスしながら手を動かして、会話も弾む。

妻の実家でお義母さんの料理をごちそうになったときは、

「(あ、同じ味だ)」

と思えるほど、味付けが似ていた。あの料理のルーツはここにあったんだ。妻の料理に、きっと僕の母の教えや、さまざまな場所で覚えた味が加わって、オリジナルの味になっている。そしてその味もいつの日か受け継がれるときが来るんだろうな。

「食卓」ってすごく大事だ。結婚してからとみに思う。

ここから会話が生まれて、笑い合って、家族がひとつになる。そういえば小さなころはここで宿題もしたっけ。家族愛のスタート地点でもあるここに妻がいてくれることが嬉しい。この幸せはあって当たり前のものじゃない。それを忘れずに一日一日を大切にしていきたい。

今どきの味がぐっとくる

ベタかもしれませんが、やっぱり女性が男性の胃袋をつかむって大事だと思います。それも、ひと昔前によく言われていた「おふくろの味」ではなくて「今どきの料理」のほうがぐっときます。例えばハンバーグだったら、母親世代だとケチャップとかソースで食べると思います。それがトマトソースで煮込んだものだったり、特製のデミグラスソースがかけられていたりすると感激してしまいます。あと、冷蔵庫にあるものでパパッと料理ができる女性もポイントが高いです。自宅に招かれたときに「とりあえずなにかつくるから待ってて」と言われて出てくる料理って、もうなにが出てきても「おいしいな!」と浮かれる。男って単純な生き物なんです。大切な人のためのひと皿、心を込めてつくってあげてください。

ROOM

2

愛を絶やさないこと

～ずっと一緒にいるために～

episode

15

家訓

大げさなことではないけど、
僕ら夫婦には
ふたりで決めた約束がある。
これからもずっと
幸せでいるために決めた、
ささやかな3つの約束をご紹介。

我慢は、毒です

とくに恋愛に関しては、猛毒です

結婚をして家族になったので「家訓」という仰々《ぎょうぎょう》しいテーマになったけれど、簡単に言えば、ふたりのルールのこと。ルールと言っても自然にできていることだから、「暗黙の了解」に近いかもしれない。

どのカップルにもあることだと思うけど、長く付き合っているといろいろなところに不満がでてくる。例えばトイレのふたを閉めるとか閉めないとか、靴のぬぎっぱなしとか、ちょっとした習慣の違いでお互いがイライラしてしまったり。言ったとか言わなかったとか、水掛け論に近いケンカを繰り返してしまったりする。それが長年連れ添ったカップルであり、家族なのかもしれないけれど。

でもできるかぎり、**ストレスの原因になりそうなことはなくしていったほうがいい**。そのほうがお互いが快適に過ごせるし、つまらないことでケンカをすることも少なくなる。僕ら夫婦がほとんどケンカをしないのは、このルールのおかげだと思っている。

ルール1：1ヵ月に1度、話し合う

これは、結婚する前からしていたことだ。「なにか不満に思っていることはない？」と聞いたり、逆に直してほしいと思うことを伝えるようにしたり。

結婚した今は、だいたい日曜日にお互いに時間をつくるようにして、相手に対して思っていることを話す。仕事が忙しい平日は話し合いは避ける。疲れてイライラしてしまっていることもあるので、そんなときに話をしても、

「(……今ここで言ったら間違いなくケンカになる)」

と予想がつくからだ。気になることがあったときでも、

「(話し合いの日があるから、今言わなくてもいいのか)」

と、冷静になることができる。

話し合いといっても大事《おおごと》ではなくて、日常生活のささいなことばかりだけれ

ど。例えば、
・朝ごはんはパンのほうがいい。
・たまには夫に甘えてはどうか。
・夫だってヤキモチを焼くときがあるんだから……周囲の男の視線をもっと警戒してほしいんだけど。
・「あー、ハイハイ」ってちょっとムカつく言い方。
・家族にちゃんと言いたいことは言いなよ。

僕が言ってきたことの一部はこんな感じである。読んでいると気恥ずかしいけれど、俗に言う「くだらないケンカの種」そのもの。

でもこういうものが積もりに積もって大きな火種《ひだね》になるくらいなら、小さなうちにすべて消しておこう、それが僕らのルールだ。

ルール2：お互いの趣味を楽しむ

僕と妻の趣味がもともとぴったり合っていたかと言うとそうでもない。アウトドアにはふたりとも興味をもっていたけれど、休日の過ごし方も、音楽も、洋服の趣味もまるで違う。

でもやっぱり好きな人の好きなものは共有したい気持ちがあって、お互いの趣味に1度は近付いてみる。

妻は僕が好きな、ピアノのインストゥルメンタルを聴くようになった。興味がなかったという夏フェスにも一緒に出かけた。

僕は妻がすすめてくれるファッションが好きになった。いつのまにか、似合うと褒められた白い服をよく着るようになった。

僕にはもともと、趣味と言えるほどのものはほとんどなかった。なにがしたい、とか思うことも少なかった。でも妻が好きなものに近付いてみると、意外なほどハマってしまった。妻が僕の好きなものに興味をもってくれるのも嬉しい。

だから、お互いの趣味は否定するよりもまず、一緒に楽しんでみるのがいいのかもしれない。

「えー？　日曜までゴルフー？」

なんて、旦那さんが不満をぶつけられる光景をドラマなどで見たりするけれど、僕らはお互いを否定するようなことは言いたくない。好きな人にも大切なものや考え方があるのだから、尊重し合いたい。愛すればこそ、なのだ。

ルール3：週に1度は一緒に出かける

僕らは母と祖母と暮らしている。そのぶん新婚さん気分が少ないので、前に書いたように、週に1度はデートをしてふたりの時間を大切にしている。

この先もしかしたら家族が5人、6人と増えていくかもしれない。でもそれは

「大好きだから結婚した」ふたりがあってこそだと僕は思っている。だからこれからも、ふたりで向き合う時間はできるかぎりつくっていこうと思う。

ずっと、結婚は「我慢」をしなくてはいけないものだと思っていた。それが夫婦円満の秘訣のように言う人もいる。

でもそうではなかった。相手がどう思っているかを知っておくことは大切だけれど、それは「我慢」ではない。相手が考えていることがわかれば、合わせられる。合わせるとお互いに生活がしやすくなる。

結婚前までひとりでしていたことをふたりでするようになることは、僕にとって「快適」になっていくことだった。僕はそれを、妻の夫になって初めて知ることができた。

episode

16

毎日が記念日

誕生日やクリスマス、
結婚記念日など世の中には
いろいろなイベントがある。
でも僕ら夫婦はあまりそれにとらわれない。
なんでもない日でも気持ち次第で
特別な日になると思うから。

長く続くためには、それなりの努力を怠らないこと

「ありがとう」や「好きだよ」は

何回でも言いなさい

言わないことが当たり前なんじゃなくて

言うことが当たり前なんです

性格が正反対の僕らの、数少ない共通点のひとつは、ふたりとも記念日が好きではないことだ。


「今日は付き合って3ヵ月記念日ね！」

「誕生日にはねー、やっぱりお財布が欲しいかな」

「クリスマスだし、いいレストランを予約しよう！」

「ねえ、お義母さんの誕生日と母の日はどうするの？」

「結婚10年記念、ちゃんと考えてくれてる？」


電車やバスに乗っていると聞こえてくる女性たちの声。楽しそうな感じがいいな、と思うけど、僕がパートナーだったら大変だな、とも思う。

いつからだろう……記念日に贈りものをするのが当たり前のようになってしまったのは。クリスマスだから少し高価なものを贈り合ってレストランで食事をしようとか、彼女の誕生日だからアクセサリーを一緒に買いに行こうとか。みんながしているからする……みたいな風潮に、疑問をもってしまったりする。

僕らはサプライズというものも苦手だ。

一生に一度のプロポーズだけは、特別なことをしよう、と気合いがはいったけど、慣れないサプライズはものすごく緊張した。

前日の夜は、ＯＫの返事をもらえないかもしれない、と悪い想像もふくらんで、まったく眠れなかったのを思い出す。その隣で彼女は気持ちよさそうにスヤスヤと寝ていたけど……。

妻がサプライズが苦手なのは理由がある。当日まで隠し切る自信がないそうなのだ。素直、実直という言葉が似合う彼女らしい。

結婚する前にこんなことがあった。

僕がスマホケースを探していると知った彼女は、誕生日プレゼントに渡そうと

僕に内緒で購入していてくれた。彼女がプレゼントを用意してくれているなんて考えもしない僕は、

「スマホケースを買いに行きたいんだけど」

と、デートのときに彼女をショッピングセンターに誘ったらしい。

「(……まずい……ここで買われちゃったら……プレゼントが台なし……)」

と、青ざめる彼女。今だったら、

「あ、ダメだよー。あと少しだけ待ってください」

とか、ちょっと思わせぶりなセリフを笑って返せるのだろうけど、付き合い始めた当時の彼女には遠慮があった。

あれこれスマホケースを選ぶ僕に
「いやー、ちょっとそれは似合わないし、使いにくそうだよ?」

と、いちいちケチをつけたりして、あの手この手でなんとか買わせまいとしていたらしい。

誕生日当日にその話を聞いたときは笑いが止まらなかった。

そんな僕らは、結婚前からイベントや記念日に対する意識がかなり薄い。結婚した今も、

「クリスマス……だねえ」

「お義母さんたちと一緒にさ、ケーキを食べるくらいでいいよねえ」

と、長年連れ添った夫婦みたいな会話。

それよりも、**記念日でもなんでもない日にふっとプレゼントを買って帰る**のが好きだ。

もともと僕は物欲が強いほうではない。車やバイクにも興味がないので、お金を貯めて買いたいものもないし、コレクションするような趣味もない。

外食にもお金を使わない。それどころか、忙しいときはランチを食べ忘れてしまうことすら多々ある。本当はよくないのだろうけど、おなかがすかなければ、

昼食を抜いてしまうこともしばしば。そんなとき僕は自然と、こんな考えが浮かんできてしまう。

「(ランチ代を浮かせることができたから、このお金を貯めて奥さんになにか買ってあげよう)」

けっして高価なものを買うわけではない。妻に似合いそうな帽子やアクセサリーだったり、お花だったり、ちょっとしたもの。それを目の前に差し出すと、

「ありがとう!」

付き合っていたころから変わらず、満面の笑顔を浮かべて大きな声でお礼を言ってくれる妻。その場で嬉しそうに開封して、身につけてみるところも変わらない。僕はそのひと言が聞きたくて、笑顔が見たくて贈り続けているのかも。

妻がプレゼントしてくれることもある。先日も残業でフラフラになって帰宅し

たら、ベッドの上に「ナイキiD《アイディー》」でカスタマイズしたスニーカーがあった。

「なにこれ、欲しかったヤツじゃない⁉」

「ふふふ、だって私に買ってくれてばかりだから。自分のものを買うお金がなくなっちゃうんじゃないかと思ってさー」

　ちょっと恥ずかしそうな妻。


「……ありがとう」


　なんでもない日だからこそ、もらったときの驚きは2倍、嬉しさも2倍。クリスマスでも誕生日でもないけれど、相手を喜ばせることは毎日できる。ずっと一緒にいるから言わなくてもわかっているかもしれないけど、それでも感謝を伝えるって大事だ。愛情表現って大事だ。

　そうすれば、３６５日が記念日になる。

episode

17

背中を押す言葉

妻は性格も考え方も
明るくて、素直で、まっすぐだ。
落ち込んだ僕をいつも優しく支えて、
見守っていてくれる。
何度救われたかわからない、
僕の心に残った妻からの言葉。

がんばれ、より
お互いがんばろう、のほうが
百倍がんばれる

考えるよりも先に、思ったことを言葉にする妻。

考えすぎて、思ったことがうまく言葉にできない僕。


こんな凸凹なふたりだからこそバランスがとれた関係を築けている気がする。

まるで自分の足りないところを補ってくれるみたいに。

ネガティブな僕はいつも、ポジティブな妻に励まされる。優しくて、力強い言葉を聞くと前向きになれるのだ。


「本日もお疲れさまでした」


妻は寝る前にいつも、「おやすみなさい」に付け足してこう言ってくれる。一日がんばって働いてきた旦那を労《ねぎら》ってくれる言葉だ。

独身のころ、僕は仕事をしている自分に自信が持てなかった。今の仕事に就くまで、2回も転職をした。結婚をするときに、

「(仕事をコロコロ変えているような男はダメ、って義両親が反対してきたら彼女をあきらめるしかない)」

と考えていたこともある。どこかで転職を繰り返している自分に後ろめたさを感じていたのだろう。


だけど、大阪の仕事がうまくいかなくて戻ってきたときに彼女が背中を押してくれて、初めて自分が楽しいと思える仕事に就けた。

当時は同棲中だったけど、どこか変わったのかもしれない僕に気付いたのか、彼女はこのころから「本日もお疲れさまでした」と、毎夜言ってくれるようになった。


それから結婚をして僕は、一家の大黒柱になった。責任を感じるようになったと同時に、最近はこの労いの言葉がやっと似合うようになってきたと思っている。

「……お疲れさまでした」

妻だって働いている。妻ほどかわいくは言えないけれど、僕も感謝の気持ちを込めてこう返す。気持ちよく眠って次の日も元気に過ごすための、僕らだけの安眠剤だ。

「あなたの家族もふくめて大好きなんだよ？」

結婚が決まって、実家に住むことを提案したときの妻の第一声。僕を見上げながら、ちょっと強めの視線を向けてこう言った。

僕としては将来の経済的なことを見据えての提案だったのだけど、彼女からすれば赤の他人と暮らすことになるわけだから心配もあった。世間一般でいう、嫁《よめ》姑《しゅうとめ》問題もあるかもしれない。

結婚している友人に同居のことを相談したときも、開口一番に反対された。

「絶対無理だって。間違いなく反対されるぞ。仮にＯＫって言われたって、いざ一緒に生活してみたら嫁さんと母ちゃんでケンカになって離婚だってあるかもしれない。おまえにとっては慣れ親しんだ家かもしれないけど、彼女にとっちゃ針のむしろなんだよ」

さんざん友達に諭《さと》されてから、

「……同居してくれる？」

と話した彼女に対するお願いには、自信のなさが表れていたのだろう。それを瞬時に見破った彼女はいつになく、ちょっと怒った返事を返してきた。

でもそれが大きな愛情であることを、僕は悟った。

「ふたりで田舎に行ってのんびり暮らそうよ」

転職活動がうまくいかず落ち込んでいるときにかけてくれたこの言葉に、どれだけ救われたかわからない。

妻は強い人だ。

温かい家庭でなに不自由なく育ってきた彼女だけど、その環境に甘んじることなく一生懸命に生きている。仕事に対してだって、ものすごくストイックだ。僕にとっては誰よりもかわいい人だけれど、社会的に見たら立派なキャリアウーマンなんだと思う。

仕事の愚痴はあまり言わないけど……いや、言わないからこそ妻が働く姿勢が伝わってくる。きっと職場では頼れる先輩なんだろうな。

だからわかっているんだ。

どこかに行こう、と一緒に逃げるような甘い言葉をかけてくれているけれど、本当は現実から逃げたりしない人だっていうことを。その裏には、「ずっと私が後ろからついているから。だから負けないで」

そんな意味が見え隠れしていること。

ただ応援してくれているだけじゃない。**なにに対しても一生懸命な妻がそばについていてくれる。そう思うだけでパワーが何倍にもなる気がするん**だ。

この先、僕らの結婚生活にはいろいろあるかもしれない。すべてが順風満帆にいくわけがないし、戸惑うこともあるはずだ。

そんなときは自分たちなりの「言葉」で支え合っていけたら幸せだ。

夫婦には阿吽《あうん》の呼吸があるというけど、それよりも**僕らは口に出していく。表情や声でしか伝えられない愛情ってあると思う**から。

episode

18

夢

将来はのんびりと田舎で暮らすことが
僕ら夫婦の小さな夢。
ゆったりと流れる
気持ちいい空気の中で
時間を紡《つむ》いでいきたいと願う、
ふたりのこれからを綴っていく。

一生気持ちが変わらないなんていうのは
ありえないと思ってる
むしろ変わっていっても
好きでいることが大切でそれが理想なんです

「おはよー、朝だよー」

カーテンを開ける音、妻が1階のキッチンに向かって階段を下りていく音。いつもの一日がゆっくりと始まる。


「あれ、ヨーグルト食べるんだっけ？」

僕が生まれ育った家に来てくれてまだ1年も経っていないのに、妻がいる風景が当たり前になっている。今となっては、お嫁さんに来てくれる前を思い出すことができないほどだ。


「いってきまーす！　ねえねえ、この時間なら電車で座れるかな？」

「あ、おはようございまーす！　晴れましたねー、お天気がよくてよかったー」

ウチの家族だけでなく、妻は近所の人気者にもなっている。ひょっとしたらこの人、僕よりも先にこの家に生まれたんじゃないか……と、心の中でこっそりと笑う。

身長の低い妻が狭い歩幅で歩く様子を見守りながら一緒に歩くのは、毎朝の僕の楽しみ。そしてこれから何十年と続いていく日課になる。

このままずっと、ずっと。

最近、月に1回の夫婦会議で決めたことがある。それは**お互い変わり続けていく努力をしよう**ということ。

当たり前だけど、将来ふたりとも老いていく。見た目だって変わるし、考え方だって変わっていくだろう。ずっと今のままの僕らなんてことはありえないはずだ。それを受け入れたうえで、好きでい続けるためには努力が必要だと思う。

例えば、運動などのボディメンテナンスはできるかぎり続ける。そういう場合、投資することには嫌な顔をしないこと。

ファッションもそう。いつも同じ服ばかり着てないで、流行や似合うものを積極的に取り入れていく。自分の好きなテイストが決まってしまうとなかなか新しい洋服に手が出ないものだけど、すぐに変化をつけられる部分だから気軽に試してみる。急に髪型を変えてみるのもいい。

見た目がすべてとは言わないけれど、やっぱり男と女でいる以上は意識をし合うことが必要だと思うから。

考え方も同じだ。年齢を重ねれば経験が増えると同時に、頑固になりがち。新しい方向へ進むことを避けてしまう。だから、ひとつのところに留まらないで、前進する努力をしよう、もしどちらかが止まっていたらそのときは背中を押そう、と約束をした。

なにかに夢中になっていたり、努力をしている人は輝いている。お互いにがんばる姿を見せ合うことで、刺激し合っていけるんじゃないだろうか。

出会って4年。ひと目惚れして、付き合って、一度は別れて。それでも好きで、手をどうしても離したくなくて、そばにいたくて。そして僕の生涯を捧げたくて家族になってもらった。

僕は今、人生で最高に幸せです。

心にそっと寄り添う
優しくも強い愛言葉

恋をすれば迷うことも、苦しくなることも当然ある。
そんなとき、あなたの心が少しでも軽くなりますように。
願いを込めて、大切にしている言葉を届けます。

片想い

近付きたいのに埋まらない
淡くもどかしい距離感

―やっぱり無理　やっぱり好き　その繰り返し

―言った記憶より、
言えなかった記憶のほうが鮮明に覚えてたりする

―誰かを忘れるために、
誰かを好きになるのはいけない気がする

たとえ結ばれなくても、出会えてよかったと思いたい
今はそう思えなくても、最後の最後にはそう思いたい

別れてからも好きでいる人って、
きっと不完全燃焼だったんでしょうね

一生届かない好きもあるよ

運命の人であってほしい

好きな人

恋に落ちると、なにもかも
世界がまるっきり変わって見える

—好きな人の匂いって、中毒性あるよね

—ふとした瞬間、君だったらなと思ってしまう
比べるつもりなんてないのに

—たまに君が足りなくなる　愛とか時間ではなくて

――似た人を好きになるんだそうですよ

――自分の名前を好きになる瞬間というのがあって
それは想ってる人に呼ばれたときです

――好きすぎて苦しくなるのは、きっと純粋な気持ち以外に
嫉妬や不安といった不純物も含まれているからだと思う

――好きな人のがんばる姿が、この世界で一番かっこいい

恋愛の真理

「恋」ってなんだろう？
「愛」ってなんだろう？

―知りたい、はもう恋に落ちてます

―必要以上に知り過ぎないこと
きっとそれが一番いいのだと思うよ

―近付いたぶんだけ、わからなくなるのが恋だよ

――
誰かの「さよなら」が、
誰かの「はじめまして」に繋がってる
大丈夫、世界は回ってるよ

――
その人の性格がわかるのは、恋が始まるときではない
むしろ恋が終わったときだよ

――
良いところだけを見てるのは恋愛
悪いところも見れるようになったら愛情

――
遠距離だろうと近距離だろうと続く人は続いていく

ふたり

ずっと一緒にいられるかは
お互いの努力次第

――いつも一緒にはいられない
だからこそ会えた時間を大切に
喧嘩なんかしたらもったいないよ

――ずっとその人を好きでいることは
好きになるより実は難しかったりする

――期待しないのが、長続きの秘訣です

小さい嘘をつき始めたら、
その関係は終わりに向かうだろう

ただ安心させてほしい　それが一番の願いだったりします

付き合ってれば腹も立つし、たまに面倒臭いって
思うこともあるけど
一番大切なのは、手を離さないってこと
離したくなったら、繋いでる手を左右変えてごらん
それだけで少しだけ景色が変わるから

おわりに

――0号室さんのツイートを見ていて、奥さんが大好き！　というエピソードは本にできるのではないか、と思ってご連絡いたしました。

――はじめまして、0号室というアカウントで活動しています。こんなお話があったらいいな、とぼんやり思っていたところでした。でも実際にオファーをいただくと……緊張しますね（笑）。

これが本書『勇気は、一瞬　後悔は、一生』の制作担当者さんと一番最初にツイッターで交わしたメッセージです。突然飛び込んできたDMにドキドキしていたのを覚えています。妻に報告をすると

「すごい！　すごい！　もう絶対にがんばって！　いい本つくってね！」

と、僕以上に興奮していました。

幼いころから人見知りで、文章を書くのが得意だと思ったこともなかったし、

まさか本を出すことになるとは……。人生ってなにが起きるか本当にわかりません。

そして今回の嬉しい奇跡が起きたのも恋愛のおかげだったんだな、と改めて思います。もし妻と出会っていなかったらツイッターを始めていなかったし、この本を読者の方へ届けることもできなかったはず。

だからこそお伝えしたいのが、恋愛を楽しみましょう、ということです。

僕は「恋」って自分を満足させるものだと思います。好きになって、盛り上がってひとりで完結するもの。

そして「愛」は相手を満足させるものです。ふたりの間にひとつの「愛」を感じることができたら……きっと世界がぐんと広がるはずです。

最後に、この本を制作に携わってくれた、ライターの小林久乃さん、デザイナーの小口翔平さん、岩永香穂さん、イラストレーターの越前菜都子さん、ＫＫベストセラーズの戸谷静香さん、本当にいろいろありがとうございました。感謝します。

そして改めまして、この本の主役でもある奥さん。いつもありがとう。

ブックデザイン　小口翔平＋岩永香穂(tobufune)
カバーイラスト　越前菜都子
写真　アフロ
構成　小林久乃

0号室　ゼロごうしつ

「妻大好き症候群」の夫。2013年7月よりTwitter(@0__room)を開始。恋する女性の気持ちに寄り添い、励まし、ときに優しく諭してくれるツイートが共感を呼び、フォロワー数は20万人を突破。

勇気《ゆうき》は、一瞬《いっしゅん》 後悔《こうかい》は、一生《いっしょう》

2016年11月5日　初版第1刷発行
2016年11月30日　初版第4刷発行

著者　0号室《ゼロごうしつ》
発行者　栗原武夫
発行所　KKベストセラーズ
〒170-8457　東京都豊島区南大塚2-29-7
電話 (03)5976-9121(代表)
http://www.kk-bestsellers.com/
印刷所　近代美術株式会社
製本所　ナショナル製本協同組合
DTP　株式会社三協美術

ISBN 978-4-584-13753-6 C0076